청어詩人選 258

나무는 외로워도 외롭다는 말을 하지 않는다

권경미 시집

청어

나무는 외로워도 외롭다는 말을 하지 않는다

권경미 시집

시인의 말

시간의 외줄을 타고
살아가는 우리
광활한 우주의 파도 속에 마주앉아
누구에게나 공평한 오늘을 살고 있다.

그리움만으로도 위로가 되고
아파했지만 시가 있었기에
기다림의 여유가 있었던 나날들.

이제 다시 시작이다
언젠가 한 편의 아름다운 시를 위해
오늘도 시를 읽고 써 본다.

시의 길을 열어주신 조영일 선생님,
해설을 써주신 이위발 선생님,
추천사를 써주신 김윤한 선생님께
감사를 드린다.

이 가을, 모두에게 건강과 평안이
함께 하기를 기원하면서.

2020년 아름다운 가을날에

차례

1부 삼월에 내리는 눈

2부 두잔집

3부 나팔꽃의 노래

1부

삼월에 내리는 눈

안부

일요일 오후, 바람이 불었다
네 쪽으로 난 창가에 앉아
식어버린 카페라테를 마신다
이따금 창밖으로 바람이 치고
햇살이 와서 머물곤 했다
오후 세 시, 네가 앉았던 그 자리에 앉아
흩어진 생각들을 모으며
비껴간 너의 그림자를 안는다
창 밖에는 색색의 풍경이 끈기로 매달려 있고
알싸한 봄향기가 바람에 흔들린다
사람들은 밀고 당기며 가던 길을 재촉하고
서로의 안부 따위는 관심 없다
만나고 헤어짐이 일상이 되어버린
요즘, 기다리는 시간도 필요하다
아무것도 아닌 것에 의미를 찾고
아무것도 아닌 것에 의미를 만들며
오지 않는 너를 기다린다

밖에는 수없이 꽃이 피고 지고
이별조차 아름다운 추억으로 남을 때
꽃잎 엽서 한 장
바람에 날려 보낸다

폐가의 봄

빈집이 봄볕을 쬐고 있다
문풍지에 낀 무늬는
떠나간 가족들의 한숨자국
흩어지는 아픔 뒤로 하고
오늘은 사월의 햇살을 쬐고 있다
갈라진 벽 틈 사이로 새어나간 길들은 돌아오지 않았다
녹슨 문고리마다 긁히고 찢긴 세월의 흔적들
잠시 그 앞에 서서 귀 기울여본다
한때는 아이들의 책장 넘기는 소리에
계절이 지나가기도 하고
석유통 들고 다니던 아버지의 온기가
마룻바닥을 데우기도 했다
이제, 집은 허물어지고 바스락거리는 바람만이
이곳과 저곳을 들락이고
깨진 유리창 사이로 거미는 한가로이
사색을 하며 또 다른 집을 짓고 있다

허물어지는 건 다시 쌓기 위한 몸부림
꿈꾸는 것조차 아름다운 날들도 있었다
소멸을 향해 가는 폐가의 생애가
오후 세 시를 지나, 저녁으로 가고
마당에는 산수유가
노랗게 피어나고 있었다

삼월에 내리는 눈

경칩도 지난 삼월에 눈이 내린다
허공중에 사선을 그으며
봄꽃처럼 흩날리는 눈송이들
땅에 내려오기 전에 몸을 던진다
피지 못하고 져버린 꽃처럼
아픔만 간직하고 떠나버린 사람같이
삼월에 내리는 눈은 슬픈 데생이다
물오른 가지마다
오늘은 순수의 얼음꽃이 피었다
길을 잃고 떠도는 어느 영혼이
다시 꽃 피우기 위해 흘리는
눈물방울이다
삼월에 내리는 눈은
푸른 흙 냄새가 그리운지
자꾸만 땅으로 땅으로 스며든다
봄의 문 앞에서 내리는
삼월의 눈은 툰드라의 바람을 잠재우고
봄을 재촉하는 떠나간 이들의
눈물방울이다

영정사진

들꽃 한 아름 꺾어 오던 날
앞산에는 뻐꾸기 목 놓아 울고 있었다
아카시아 꽃들은 하얗게 바람에 날리고
할머니, 가래 끓는 소리를 내며
긴 작별을 했다
염을 마친 몸에선
마른 장작 냄새가 났다
6·25전쟁 때 할아버지 잃고
재생할 수 없는 하루 속에
십리 길을 오가며 자식 키워 놓고
먼 길 떠났다
하늘도 고요히 울고 있었고
손녀들이 만든 종이꽃은
알록달록 무지개로 피어났다
영정사진은 환하게 웃고 있었고
꽃상여는 슬픈 소리를 내고
하늘가는 길을 열었다
이승의 마지막 시간 축복하듯
하늘엔 저녁노을이 걸렸고
꽃들도 통곡하는 봄날을 닫았다

유년의 뜰

어둠은 항상 밝음과 공존한다

어릴 적 산동네는
달빛과 별빛이 지키고 있어
우리는 무섭지 않았다

울타리 없는 마당에 봉숭아꽃 무리지어 피면
손톱마다 흐르던 봉숭아꽃물
첫눈이 올 때까지 그 꽃물 남아있으면
첫사랑 이루어진다는 말에
밤마다 손톱은 빨갛게 물이 들곤 했다

마당에 하얀 감꽃 피어날 때면
꽃을 세며 꿈은 한 뼘씩 자라났다

일곱 식구 한 이불 아래
고단한 발가락 정답게 누워
찐 고구마, 물김치로 긴 밤 허기를 채우고
봄날 밤은 깊어만 갔다
가난했지만 그 속엔 따스한 꿈이 살아있었다

이제, 우리는 뿔뿔이 흩어지고
오직 살아야 하는 이유로
가파른 담벼락에 오르는 덩굴처럼
차디찬 시간을 건너고 있다

새벽

어둠이 고요한 것들로 피어나는 시간

바람이 불 때마다 잎새 흔드는 소리에
촉각을 곤두세운 숲의 긴장도
다 내려놓고 저녁을 맞는다

저마다 깊은 사연 간직하고
흘러가는 것들의 비애
슬픔도 조금씩 말라간다는 걸 알았다

어디선가 별과 별이 부딪히고
꽃잎 하나 어둠의 긴 터널을 빠져나와
꽃피울 자리를 기웃거린다

시간은 모두에게 공평하다
눈감고도 잠 못 드는 사람들 속에
눈을 떠도 보이지 않는 것들이
눈을 감으니 하나둘 보이는
이 생의 그림자들

멀리서 들려오는 구급차 소리에 또 누군가는
그렇게 먼 길 떠난다

언젠가 돌아가 누울 그 여정 속에
나는 지금 어디쯤 와서
이 새벽, 잠에서 깨어
잠 못 들어 하는 걸까

휴가

나뭇잎 사이로 흔들리는 햇살
돌멩이마다 청태 낀 음각의 무늬들
빙하기를 건너 이곳에 와 오후를 견딘다
바위를 뚫고 나온 휘어진 나무는
더 깊이 뿌리를 내려 한 생을 이루고
골짜기 사이로 흘러온 강물은
쉬지 않고 천 년을 돌아 하얗게 물보라로 피어났다
바람 구멍을 통과한 시간은
북극의 찬 공기 몰고 바위에 스며들어
자리 잡고 숨을 내 쉰다
툭툭 떨어지는 산 열매들
땅속으로 파고들어 추억을 저장하고
사람들에게 찔리고 긁힌 마음도
여기서는 아무 일 없다는 듯 풍경에 취한다
그늘은 아무것도 하지 않는 자유를 주고
슬픔도 내려놓게 하였다
산에서 부는 바람은 책장을 넘기며
지친 오후의 땀방울을 말린다
계곡을 빠져 나오는 여름 발자국

상처

손에 상처가 났다
덧나지 않으려고 약을 발랐더니
어느새 새 살이 돋았다
사람들은 누구나
상처 하나쯤은 품고 산다
말 때문에 지울 수 없는
고통에 시달리기도 하고
말의 칼날에 베어
마음의 문을 닫기도 한다
상처 때문에 명치끝이 저려오고
갑자기 숨이 멎기도 한다
하지만, 아물면 더 단단해지고
스스로 보호색을 띠기도 한다
폐에 구멍 뚫린 흔적도
세월이 지나면 조금씩 희미해져 간다
때로는 인내가 필요하다
사람과 사람으로 위로 받고
슬픔이 슬픔에 등 기댈 때
상처도 때로는
꽃 물든 자국으로 남는다

부부

여자는 밥을 짓고
남자는 국을 끓였다
여자는 리모컨을 밀고 당기며 시간을 견디고
남자는 컴퓨터 자판을 두드렸다
공손하게 마주 앉아 밥을 먹었으나
가슴에 제각기 다른 방을 키웠다
여자는 새벽에 일어나 시를 쓰고
남자는 로또 숫자 맞추려고
밤을 새기도 한다
처음의 그들은 어디에도 없었다
여자는 밖으로 나가 술을 마시고
남자는 집에 앉아 담배연기에 취한다
둘 사이 은유는 필요 없었다
수돗물이 새기도 하는
회색빛 적막한 밤이 지나 간다

같은 곳에 있으면서 늘 다른 세상을 꿈꾸고
하루에도 몇 번 씩 흔들리며 마음의 문을 닫기도 한다
가끔 삶의 모서리에 부딪혀 피가 나기도 하지만
시간의 수레바퀴에 몸을 맡기고 오늘을 산다
낡은 지붕 안으로 바람소리만 들어와
시계 초침의 째각거림을 더할 뿐,
밖에는 깃털 같은 눈이 내리고
아이가 현관문 열고 들어선다

봄날 문득

어쩌면
나 한 때는 꽃이었는지 몰라
매운 바람에도
잎 새 곧추 세우고
당당히 피어나는 꽃

어쩌면
나 한 때는 연두였는지 몰라
죽은 나무에서도
다시 잎 개워 내는
까슬까슬한 연두

어쩌면
나 한 때는 봄이었는지 몰라
봄날인데도 봄날인 줄 모르고
스쳐 지나 온

시간은 되돌릴 수도
되돌아 갈 수도 없는
바람에 지는 저 꽃잎 같은 것

오늘 하루
꽃그늘 아래 앉아
그저 취할 수밖에

바람

아버지는 바람이었다
꽃피고 새 우는 새벽 강 건너
눈비 오는 저녁 길 돌아오는
아버지는 바람이었다

때로는 폭풍 속
소낙비에 젖고
세찬 바람에 떠밀린 날들
푸른 휘파람 불며
하루를 견딘 아버지

고향에 두고 온
어린 오남매 달빛으로
감싸 안고
가슴으로 울던 아버지

춥고 긴 겨울 지나

아버지가 가신 그날도
자식 눈빛 담아가지 못한
아버지는
한 줄기 서늘한 바람이었다

이사

또 짐을 싼다
미련이란 먼지가 뽀얗게
쌓여있는 책장을 정리하다
버려도 버려도 버리지 못한 책들이
계절에 끼여 졸고 있다
푸른 시간의 강을 건너 온
낡은 시집에서 나무 냄새가 난다
삐걱거리던 그날의 햇살도
헝클어진 벽에 걸린 낙서도
뜨거운 선풍기 바람도
이젠 다 흑백사진이다
구겨진 꿈들이 책들 사이로
줄타기를 하며 놀고 있다
돌아보면 언제나 후회만 있었다
더 이상 나아가지도 물러서지도 못할 때
난 짐을 싼다
잠시 모아두었던 인연의 조각들
모두 다 비우고
동화가 살아있는 마을을 꿈꾸며
또 이삿짐을 싼다

그리움

봄이 오려는지 몸이 가렵다
꽃이 피려는지 바람이 불고
그대가 오시려는지 밤이 길다
꽃이 피면 다시 찾아온다는 당신
마음의 꽃은 이미 핀지 오래
하루에도 수없이 피었다 진다
그대를 기다리다 이 세상 끝난다 해도
기다림은 아름다운 것
돌아서면 언제나 다시 그리워
그대를 보내고 오는 밤은 비가 내린다
사랑을 하면 둘 사이 강물이 흐르고
온 천지가 꽃향기로 환해진다
시작과 끝은 알 수 없지만
둘이 하나로 피어날 수만 있다면
진눈깨비가 와도 두렵지 않다
바람 부는 강가에 나가
그대 소식 기다린다

겨울 자작나무 숲

마음이 허허로운 날에는
겨울 자작나무 숲으로 가서
바람의 가랑가랑한 숨소릴 듣는다
서로가 서로를 이해하며
적당한 거리에 서서
차디찬 직립의 고립을 이어가는
흰 눈의 환생이 여기 서 있다
침묵의 사연, 뿌리 깊이 내리고
하루에도 몇 번 씩 자작자작 타는 가슴은
반짝이는 별빛으로 위로를 얻는다
더욱더 몸을 뻗기 위해 스스로 잔가지 떨궈내
온 몸에 검은 상처 가득하지만
생은 불꽃처럼 뜨겁다
습기 말리는 아침
무수한 생각의 곁가지를 쳐내며
떠나왔던 번민의 시간들
이제 온기 나누며 살고 싶다
은빛 서늘한 자작나무 숲에
새 한 마리 날아오르고 있다

길 위에서

바람 속에 내가 있다
어디로 가야 하는지
바람은 내게 가르쳐 주지 않는다
그저, 바람 부는 대로
천천히 가라고 할 뿐이다
초록 신호등 앞에서
멈춰 버린 자동차 바퀴처럼
예측 불허의 삶
파닥이는 시간 속에서
이정표 없이 흐르기만 했다
돌아가기도 머무르기도 힘들지만
반짝이는 별들 벗 삼아
걷고 또 걷는다
때로는 어깨에 진 짐이
무거워 넘어지더라도
툭툭 털고 일어나
침묵의 소리 들으며
다시, 바람 앞에 선다

좋겠다

창가 그릇에 둔 고구마
얼마 후 뿌리 내려
어린잎을 피웠다
연두색 잎이 눈부시다
잎들은 햇살을 향해
자리를 틀고 앉는다
세상에 일어나는 일이 궁금한 듯
귀 기울이고 파랗게 자란다
지나가던 바람도 잠시 머물며 친구가 된다
어느 사이에
아들도 쑥쑥 자랐구나
고, 자그마하던 점 하나가
이제는 엄마 키보다 크다
고무줄 늘어나듯 그렇게
쭈욱쭈욱 커간다
세상을 향해 마음의 문 열어놓고
동백꽃 지는 소리도 듣는
향기로운 가슴으로 자라면 좋겠다
참 좋겠다

봄, 빗소리

그리움을 긁어모으는 저녁
창문을 두드리며 비가 내린다
누구의 눈물인가
마음도 같이 우는 밤이다
내 마음 골짜기마다 비는 내리고
슬픔도 하나씩 씻어준다
비가 오는 날이면
고독한 사람은 더 고독해져서
빗소리 안주삼아 술을 마신다
세상은 온통 빗소리로 가득하다
가느다란 빗줄기, 땅으로 스며들어 줄기마다
하나씩 잎을 피우고 꽃을 피운다
살며시 찾아들어 꿈틀거리던 꿈도
다시 피어나게 하고
땅위에 세 들어 사는 가난한 사람들
다시 털고 일어서게 한다
봄비는 초록의 전주곡

단추를 달며

집나간 별들이 돌아오는 저녁
아들의 옷에 단추를 달았다

어릴 적, 엄마가 꿰매어 준
양말 한 짝
가난했지만 따스한 사랑이 담겨있다

눈밭에 맨발로 뒹굴어도
그때는 춥지 않았다

아궁이에는 온 몸을 태우며
타닥타닥 고구마 익어가고
숯 칠한 얼굴로 마주보며 웃던
나폴거리던 꿈들이 있었다

엄마는 저녁마다 오 남매의
양말을 사랑의 날실과 씨실로 꿰매었다
바느질 하나로 세상을 깁고 있었다

시간의 옷깃을 여미고 앉아
접을 수 없던 꿈들을 한 올 한 올 엮으며
엄마의 저녁은 저물어 갔다

단추 구멍 사이로
소리 없이 추억 한 올 스르르 풀어진다

내게 사랑이 찾아온다면

내게 사랑이 다시 찾아온다면
오월의 아카시아 향 아래서
두 눈 감고 두 팔 벌려 사랑을 맞으리
다시 누군가를 사랑하게 된다면
서로의 마음을 묶어두지는 않으리
흐르는 강물처럼 마음 흘러가는 대로 맡기고
내일은 어떻게 될까 가슴 졸이며
이별을 먼저 생각하지는 않으리
내게 사랑이 다시 찾아온다면
어깨를 내어주며 기댈 수 있게 하고
서로의 상처를 꿰매어 새 살을 돋게 하리
가끔은 침묵하며
꽃잎 지는 깊은 소리도 듣고
서로가 서로를 물들여가며
존재하는 이유만으로도
가슴 설레게 하는
아름다운 풍경으로 남으리

필라테스에 대한 고찰

잠자던 기구들이
잠에서 깨어 서로를 마주 한다
기억에서 멀어지듯이 팔을 뻗고
다리를 뻗고 시간을 당긴다
몸과 마음이 하나 되는 순간
밤사이 뭉친 근육이 풀어지고
비로소 새로운 피가 돌기 시작한다
숨을 들이 키고 내뱉고 하는 사이
몸은 언제나 기억하고 있었다
쓰지 않던 근육들
하나 둘 제자리를 찾아가고
서로가 서로에게 지지대가 되어
묵묵히 서 있곤 했다
주저앉고 일어서기를 반복하다
흘린 땀들이 강이 되어 흐르기도 했다
지난 날, 가볍던 몸들이
이제 관절은 삐걱이고 서로 돌아눕기도 하지만
견디는 일은 습관처럼 익숙했다
몸의 언어 듣고 나오는
하늘 위로 비행운이 지나간다

2부

두잔집

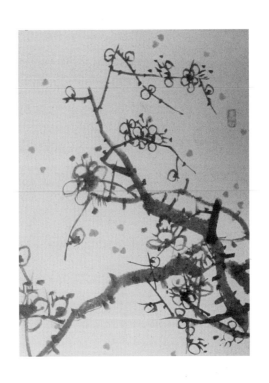

낚시

하늘도 내려와 숨쉬는
산자락에 노을이 물든다

물은 사람들 소리에 눈을 뜨고
겨울을 견딘 나무들 저마다 색을 깔고 앉았다

숲은 바람에 흔들린다

흔들리는 건 저 나뭇잎만은 아니다

산다는 게 흔들리는 일 아닐까
흔들려 볼 때까지 흔들려 보는 것

한 손이 다른 한손을 놓지 못한 채
끌고 다니다가 이제 여기에 와
팽팽한 줄 내어 던지고
땀에 젖은 시간 벗어 놓는다

목표는 하나다
바람이 잠잠해 질 때까지 기다려 주기
찌가 흔들릴 때까지 무심히 기다리기
한걸음 물러나 멀리서 바라보기
하지만 아차 하는 순간, 놓치고 만다

바람 부는 강가에 나가
기다림을 골라내고
물의 소리를 읽는다

우물이 있던 자리

언제나 달이 빠져 있었다

어릴 적 우물을 들여다보고
그 속에 비친 모습에 놀라
멀리 도망가기도 했다

새벽, 빨래통 이고 온 새댁의
시집살이 한도 쏟아 붓게 하고
옆집 아낙의 수다로 하루해가 지기도 했다

때로는 두레박으로 퍼 올린 사랑이 넘쳐
깊은 바다로 흘러가고
별들이 내려와 풍문을 잠재우고 가기도 했다

그곳은 삶의 애환을 표백해 주고
비는 만큼 고이는 그리움을
저장하는 연애풍경도 떠 다녔다

말라가는 논바닥의 한숨도
물지게 진 아버지의 어깨로 풍년이 들었다

그 모든 일들을 기억하고 묵묵히 마을을 지켰다

이제 우물이 있던 자리
먼지만 풀풀 나고, 그 옆엔 건물들이
새로이 회색빛으로 채우고 있다

두잔집

비오는 날, 사람들이 하나 둘 모여든다
제각기 모습은 다르지만
그들은 닮아 있다
벽에 걸린 빛바랜 액자도
오늘은 추억에 잠겨있고
오래된 탁자도 시간과 같이 정지해 있다
한 잔은 외로워, 두 잔은 마셔야 정이 나는 저녁
때로는 눈물 한 방울도 안주가 되었다
서로가 서로를 위로하며, 잔을 부딪히고
박꽃처럼 하얀 웃음 토해낸다
내일은 내일의 해가 뜬다고
빗소리 장단에 맞춰 노래 부르고
가끔은 떠나간 그림자도 부여잡고 엉켜
슬픔도 아픔도 어루만진다
연탄난로에는 오뎅 국물이 끓고 있고
무뚝뚝한 할매의 구수한 사투리가 엮어내는
세월의 흔적 너머 술잔은 흐르고
밤도 조금씩 취하고 있다

빈집

횡단보도 옆
빛바랜 초록 지붕의 외딴집
벽은 허물어지고
휜히 드러난 속살 사이 볕이 반짝이고 있다
모두가 떠나버린 텅 빈 집
깨진 유리창 사이로
햇살이 들어와 온기를 지펴주고 있다
한 때는 아이들이 마룻바닥을 뛰어다니고
마당에는 두근거리던 감꽃이 피고
숟가락 부딪히는 소리에 살강살강 별빛도 찾아와 먼 나라
이야기를 풀어놓았을 것이다
댓돌 위에 놓여있던 신발들
하나 둘 떠나가고
추억의 시간들 아득히 먼지가 되어 날아갔다
이제는 세월의 흔들림 속
지나가던 폐지 줍는 노인이 마당 구석에 앉아
시간의 낱장을 채우고 있다
빈집도 오늘은 마음의 경계를 풀고
아련한 추억의 데칼코마니
한 장 찍어내는 오후다

노인 마을*

노인 마을에 노인은 살지 않는다
기억을 기억하지 못하고
늘어진 시계추만 무심히 시간을 건너고 있다
살아야 죽을 수 있기에
시멘트 바닥을 휠체어로 끌고 다닌다
끈으로 맨 휠체어에 갇혀 사는
허기진 몸들, 젊은 날을 줍기 위해
밤새 퉁퉁 부은 발들을 햇살에 널어 말린다
점심 때가 되면
푸른 휘파람 나는 배식판을 마주하고
때 이른 점심을 먹는다
먹다 남은 햇살은 창틀에 걸어두고
오지 않는 가족을 기다린다
한때, 누군가의 어머니였고, 아버지였지만
이제는 세월의 빗금 간직한 채
살아왔던 부스러기들을 털어낸다

젖기 위해 태어나서
젖어 본 적 없는 삶이었다
눈물에 젖고, 이별에 젖을 수도 있지만
이제는 아무 것도 젖지 못한 채
추억은 주머니에 넣고
온종일 휠체어만 끌고 다닌다

*노인 마을은 치매 어르신들이 모여 사는 복지시설입니다.

꿈을 줍는 노인

8월 한낮, 뙤약볕 아래
쌓아올린 산이 낡은 손수레에 실려
도로를 대각선으로 지나간다
달리던 차들 클랙슨을 울리고
바퀴를 밀어내며 아찔한 곡예를 한다
하루의 발품을 팔아 겨우 챙기는
땀의 대가 오천 원
삶은 버려진 종이만큼 납작하다
한 때 싱싱했던 나무의 이름으로 살아
들꽃들의 수다도 들었지만
이제는 구겨진 종이박스처럼
노인의 삶도 뒷골목에 뒹구는 누런 종이 조각이다
서로 내주지 않으면 빼앗아야 하는 물기 젖은 순간들
무수한 난관에 부딪혀 좌절하기도 하지만
아름다운 추억 가슴에 묻어두고
낡은 손수레에 꿈을 담아 끌고 있다
어둠이 내리고 적막한 시간 찾아오면
멍든 발 핥아주고 꼬리 흔드는
삽살개 한 마리, 노인의
몸에서 나는 파도소리를 듣는다

겨울 묵화

가지 위에 앉은 눈이
제 무게를 견디지 못하고 툭툭 떨어진다
세상 밖으로 나간 길들은 하얗게
눈 쌓여 길을 잃기도 하고 길을 만들기도 한다
철탑 위 목청 높이던 계약근로자
잠시, 쉼표의 시간을 갖는다
어제의 슬픔이 오늘의 풍경이 되기도 한다
그리움의 국경은 사라지고
비릿한 냄새 빗질로 다 쓸어버리고
적막한 묵화 한 장 그려낸다
가지 끝에 매달려 피어나는 꿈을 보며
준비 없이 그리운 이 만나러 떠난다
발목까지 푹푹 빠지는 눈을 헤치며
가슴 절이고 숨죽여 왔던 순간들을
하나 둘 눈 위에 내려놓는다
마음도 눈처럼 너그러워져
쌓였던 침묵들 와르르 무너진다

늙은 우체부의 자전거

마당 한 구석에
시간을 건너온 손때 묻은 자전거
쓸쓸히 추억 안고 서 있다

때로는 빛의 속도로 달려
기쁨의 연애편지를 전해주기도 하고
노을 지는 고샅길을 돌고 돌아
이별의 슬픔을 알리기도 했다

가끔은 비바람에 바퀴가 녹슬고
안장이 찢기는 아픔도 있지만
가보지 않은 왼쪽, 오른쪽 길 찾아
푸른 젊음 태우고 시간을 달렸다

등 뒤에 실은 짐이 버거워
넘어지고 깨지더라도
페달을 밟는 순간 자전거는 달린다

눈발 흩날리는 날에는
따뜻한 체온 마주하고
시린 몸 젖는 줄도 몰랐다

이제는 돌아가 잠시 쉬어야 할 시간
피곤한 관절만큼 삐걱대는 바퀴 사이로
석양이 곱게 내리고 있다

딸기밭 테라피*

온 산이 연두로 붐비는 날
복지촌 노인 몇, 몸에는 호스 꽂고
맨발로 딸기밭에 들어선다
지문 다 닳도록 가족 위해 일했던 손이
오월 햇살 아래 분주하다
농부의 땀방울인 딸기들이
가지런히 매달려 앉아 있는데
겨우 한 통 따서 나오며
'상처 난 것은 내가 먹고 이쁜 건 팔아야지'
고운 것만 골라 주인에게 건넨다
세월의 맥박 속에 가진 것 모두 내어주고 살았는데
삶은 구부러진 허리만큼 굴곡졌다
떠나간 자식들 생각에 가끔 목도 메이지만
가슴에 별 하나 심어놓고 알싸한 시간들을 견뎠다
겨울 건너 와 살아남은 올해의 봄
빈 몸 이끌고
딸기밭 돌아가는 길에는 조팝꽃이
하얗게 피어나고 있었다

*테라피: 치료

복지관 이야기

햇살이 놀러 나오는 아침
복지관 2층, 지팡이 끌고
들어서는 닳은 얼굴들
살아온 날들, 저마다 다르지만
오늘은 못 다한 말들 쏟아 놓는다
한때는 누구보다
꿈도 많았고 애틋한 사랑 불태웠지만
이제는 한 편의 이야기에 귀 기울이며
박혀 있던 아픔들 풀어놓는다
하나의 사연이 펼쳐질 때마다
책 속으로 스며든다
때로는 어둠 속 뚫고 하늘을 날아다니기도 하고
새하얀 눈길 걸으며 허공에 발자국도 새긴다
지난날의 그리움
나비가 되어 뜨락을 날아다닌다
오늘은 그들에게서 배우는 삶
다시 볼 수만 있다면
더 큰 복 바라지 않는다는 말들 오가며
복지관 2층에는 각인된 슬픔 봉인하고
가만가만 시간의 책장
넘기는 소리만 들린다

비 오는 날

비 오는 날에는
가슴속에 꿈틀대던 지난 날
인연의 조각들이 떠다닌다

톡톡, 창가를 두드리는 빗소리에
번져가는 아픈 그림자
뼈 속 깊이 스며들어 생채기를 낸다

비 오는 날에는
수맥이 눅눅한 방안에 앉아
오래된 침묵의 언어를 듣는다

서랍 속에 깊숙이 접어놓았던 꿈들도
다시 꺼내어 펼쳐본다

비오는 날에는
처마 끝 풍경도 바다가 그리운지
바다 쪽으로 그리움을 퍼 올리며
물길을 튼다

사랑은 빗물로 흘러와
한 무리 안개가 되어 사라지기도 한다

살아간다는 건
비 오는 날, 누군가의 우산이 되어주는 것
기왓골을 타고 내리는
빗소리 연주를 함께 듣는 것

숲

숲속, 오솔길을 따라 걷는다

오월의 온화한 햇살은 시를 쓰고
바람은 몸에서 사각거리는 소리를 내며 책장을 넘긴다

새들도 발자국 탁본 만들어 새로운
문장을 찍어 낸다

세월의 지문 간직한 나무들은 땅속 깊이 뿌리 내리며
서로 거리를 지키고 따스한 이야기를 쏟아낸다

가끔은 비 고인 하늘 너머
보름달보다 더 큰 소망을 가슴에 걸어두기도 한다

돌과 돌은 바람의 등을 타고 이리저리 흔들리며
계곡까지 흘러와
무너져 내리는 숲의 한 귀퉁이에 서서
오늘을 노래 부른다

그날이 그날이어도
추억을 간직한 노을은 흐르고

모두가 다르지만
한 목소리를 내며

그렇게 천 년을 이어간다

잘려진 나무를 보며

허리 잘려진 나무 앞에서
시간의 이력을 읽는다

바람이 불어 가지가 부러지기도 하지만
따뜻한 생각 품으며
밤마다 외로움과 싸웠다

몸속 깊이 끌어 올린 그리움이
등고선을 그리며 켜켜이 쌓이고
가슴 졸이던 상처도
깊숙이 옹이가 되어 박혔다

별빛 쏟아지는 밤에도
눈보라 치던 날에도

서로 적당한 거리에 서서
속삭이던 지난날의 밀어들
이젠 바람에 날려 꽃이 되었다

오늘 햇살 드는 숲속 빈터에
토막 난 제 몸 내어주며
오지 않는 사람을 기다린다

퍼즐 맞추기

아무도 밑그림을 그려주지 않았다
곳곳에는 어둠이 널려 있었다

잃어버린 꿈들을 찾기에는
시간이 늘 부족했다

아득한 공중
길은 모습을 드러내지 않은 채
숨어서 내려다보기도 했다

놓아주고 싶었다
놓아버리고 싶었다
하지만 그 모든 것들은 가만히 내버려두지 않았다

어둠은 언제나 빛과 함께 있었고

두고 온 날들이 마음에 걸려 넘어지기도 했다
비워지고 버려진 것들이 휘파람을 불며
다시 내게로 오기도 했다

때로는 돌아가는 법도 익혀야 했다
산다는 건 길 찾기의 연속,

마지막 퍼즐 한 장 맞출 때까지
견딜 수 있다면
꽃은 피어날 것이다

오늘도 그렇게 믿으며

묵언

봉정사 뒤뜰에
천년의 은행나무
바람 따라 노란비 뿌린다
파란 하늘은 더욱 깊어지고
풍경소리 내 안에 들어와
마른기침을 한다
새소리 바람 소리도
생각에 잠겨있는
가을의 한가운데

부처님 혼자 묵언수행중이다

푸른 하늘

우리 집 베란다에는
하늘로 통하는 길이 있다

그곳엔
우리 집 사연을 간직하고
자라나는 크고 작은 화분들

기쁘고 속상한 일 있을 때마다
하나씩 하나씩 심어놓은 화분에

오늘은
7월의 푸른 하늘이 내려와 앉아
펄럭이고 있다

비

비는 내리고
처마 밑
빗물은 웅덩이에 고이고
창밖 세상은 고요하다

내 마음 먹물에 담아
꿈의 세계를 그리다 보면

붓이 지나간 자리
고운 단풍잎 달고
다소곳이 피어있는
구절초의 향기도 뿌려주고

쪽진 머리 무명치마 할머니
분꽃의 추억도 전해주고

대숲의 맑은 바람
빗소리도 잠재운다

비가 오는 동안
세상은
가을로 물이 든다

철공소의 오후

응달 얼룩진 골목길
버려진 조각들이 잠자고 있다
주인을 닮아 녹슬고 구부러진 생
뒤틀린 욕망의 하루 걷어내고
바람으로 깎여져 반듯한 각이 되어
쌓여가던 것들이
또 누군가를 만나고
헤어져서 이 자리에 돌아와 누워
주인의 슬픈 눈망울을 읽는다
긁히고 상처 입은 시간들이
허리 졸라맨 노인의 어깨 위에서 나부낀다
날날이 누운 철판들이 내일의 꿈들이 되어
어느 고깃집 위에서 타들어가는
늦은 저녁을 즐겼을 것이다
부딪히고 부딪혀서 닳아진다는 걸
알고부터는 눈물 또한 메말라 갔다

이제는 다시 태어나야 할 시간
두들겨 맞아도 견뎌야 한다
다시 일어설 수 있다면,
손 잘려간 아픔 뒤로 초쾌한 쇠망치 소리만
오후의 그늘을 깨우고 있다

겨울 동해

흐린 날, 스산한 겨울 바다에 가면
바다가 내게 걸어온다

세상의 수런거리는 소리 들으며
질척거리는 발자국 따라
은물결 기억을 길게 풀어 놓는다

바다에 서면 슬픈 사람은 더 슬퍼진다
저마다의 높낮이로 밀려와 거친 호흡 뒤로하고
무채색 바다는 침묵으로 사람들을 맞는다

벼랑 끝에 내팽겨져 아무것도 생각나지 않을 때
거꾸로 매달려 찬바람 맞고 있는
축축한 오징어 한 점과 짭짤한 소주 한 잔
입 속으로 털어 넣으면
겨울 바다는 비에 젖는다

지나고 나면 모두 그리운 시간
공명만 울리다 사라진 것들이
줄을 잇고 서서 포물선을 그리고
낯선 풍경을 토해 낸다

사는 건 다 흔들리는 거라고
겨울 속살이 바람에 나부끼며 속삭인다

사랑

너는 내 안에 들어와
안부 따위는 묻지 않아도 되는
바람이었으면 좋겠어

눈보라 치는 어느 골짜기
우리, 씨줄과 날줄로 만나
마음을 엮을 수만 있다면
상처 따위는 두렵지 않아

그저 바라만 보는 그림자일지라도
땅속 깊이 뿌리 내려 기댈 수 있다면
살구꽃처럼 웃는 봄날이
기다리고 있을지도 몰라

3부

나팔꽃의 노래

나팔꽃의 노래

아침마다 나팔을 불며
춤을 추고 올라간다

바람에도 꽃대 세우고
소리 없이 하늘 향해 노래 부른다

가끔 담장 안도 기웃거리며
현을 타고 실눈을 뜨기도 한다

나팔 소리 나는 쪽으로 촉수를 세우니
줄 위에서 노래하며 춤추는 소녀
발끝은 춤을 추고 있지만 눈은 울고 있다

세상은 언제나 반대쪽에 있었다
내가 왼쪽 발을 내밀면
그는 항상 오른쪽 발부터 내밀었다

나비가 지나가고 있었다

잎은 꽃송이와 호흡하며 그 자리를 지키고
바람은 빛을 날랐고
새들은 부지런히 비상을 꿈꾸었다

그러나 이내 시간은 허물어지고
어둠이 줄지어 내린다

꽃은 더 이상 노래하지 않는다

쓸쓸한 안부

팔각정 앞 노인 몇
언 시간을 녹이고 있다
햇살 따라 자리 옮기고
막걸리 몇 잔에
대낮부터 얼굴이 벌겋다
지문 닳은 손으로 고스톱을 치며
지나가는 사람들을 읽고 있다
이따금 비둘기들이 내려와
빈자리를 채운다
서로 말하지 않아도 들을 수 있는
행간의 빛바랜 언어들
이제는 비워야 할 시간
지상에 머문 눈부신 날들
내려놓으며 저녁을 맞는다
오늘 하루, 남겨진 안부 물으며
지팡이 하나 세워두고
긴 하루를 접는다

나무는 외로워도 외롭다는 말을 하지 않는다

나무는 외로워도
외롭다는 말을 하지 않는다
그저 바람에 날려와
뿌리 내리고 잎을 피우고
꼿꼿하게 순간을 견딘다
몸속이 텅 비도록
속울음 울어도
세상의 시끄러운 소리에
흔들리지 않고
견딜 수 없는 날들을 견디며
오늘을 산다
가끔 뿌리 뻗어 서로를 확인하고
지상에 놀러온 것들을 마주 한다
세상이 온통 노란빛으로 물들면
우체통이 되어 사연도 받아주고
울고 싶은 자 울게 하며
사그락 사그락
시간을 풀어 놓는다

핑크뮬리

나무도 아닌 것이 꽃도 아닌 것이
사람들 사이에서 웃고 있다

여름의 팽팽하던 땡볕 견뎌낸
실타래를 풀어놓은 분홍이
바람을 타고 찰랑이고
길게 길게 곡선을 그리며
사람들과 가장 젊은 날을 함께 한다

지구의 반을 돌고 돌아
마침내 이곳에서 뿌리를 내려 사는 일 또한
그리 녹록지는 않았을 것이다

밤의 신음소리도 듣고
파도가 전해주는 고향 소식에 외로움도 견디며
눈보라 휘날리는 시간도 견뎌냈을 것이다

이제 화려한 날 보내며
헤어지는 연습을 하는 사람들 속에 끼여
오후의 악보를 그린다

멀리서 밥 짓는 냄새 피어나올 때
보이지 않는 낭만도 건져 올리고
잃어버린 제 이름 찾으며
추억을 줍고 있다

외줄 타기

줄 하나에 의지한 채
바람에 몸을 맡겼다
구르는 몸짓
몸은 줄과 함께 춤을 추며
발끝은 세상의 통증을 견뎌야 했다
때로는 한 치 앞도 볼 수 없는 안개에 가려
비틀대기도 하고
구름에 걸려 넘어지기도 했다
너무 높이 날아올라 추락하기도 하지만
반드시 바닥을 차고 튀어 올라와야만 한다
팽팽한 시간 지나면
달콤한 휴식이 찾아오기도 했다
줄 하나에 인생을 맡기고
오늘도 곡예를 한다
세상과 멀어질수록 꿈은 가벼워지고
세상과 가까워질수록 꿈은 무거웠다
견디는 일은 이제 줄이 되었다
오늘도 줄 앞에 선다
또 다른 아침을 위하여

아라홍련*

숙명이었다
아무리 애를 써도 벗어날 수 없었다
혼탁한 세상 탓하지는 않았다
반드시 피어나야만 한다
밤을 견뎌야 했다
진흙 어둠 속에서도
스스로 환하게 불 밝히고
알약처럼 쓴 시간을 견뎌야 했다
때론 빗방울 연주 듣는 달콤한 날도 보내며
더 깊게 뿌리 내리고 꽃 피우기 위해서는
반드시 껍질을 깨고 나와야 했다
번뇌를 잠재우기 위해서는 시간이 필요하다
절망에서 희망으로 가는 터널을 지나
출렁이는 부력의 물살 가르며
순결한 몸으로 다시 피어나야만 했다
침묵의 고된 수행, 하루에도 수 백 번
그 적막 뚫고 꽃대 끝에 맺힌
700년 건너 온 저 환한 미소

*2009년 경상남도 함안군의 함안 성산산성 유적지 발굴 과정에서 수습
 된 700년 전 고려시대의 연꽃 씨앗이 발아하여 피운 연

신발

신발장 안에 모여 있는 분신들
다녔던 길들 기억하고 있다
뾰족한 칼날 숨기고
대지의 축축한 물기 온몸으로 받으며
물집이 생겨도 새살이 돋을 때까지
침묵하며 걷는다
뒤축이 한쪽으로만 닳아 균형을 잡지 못해도
서로 함께 있으니 행복했다
아픔이 아픔을 기억하는 시간
젖어 있던 지난 날들이 가만히 나를 깨우고
어제는 오늘이 되어 내게 왔다
나를 위해 묵묵히 걸어주던 네가 있기에
눈보라 치는 길도 무섭지 않다
가보지 않는 길 가다가 너를 잃어버리기도 하지만
그것 또한 추억이기에 걷고 또 걷는다
오늘 하루 나와 고행한 신발이
분주한 시간 보내고 와
내 옆에 눕는다

월영교

밤안개 자욱이
강 그림자를 감싸고
색소폰 소리 애처로이 달빛 따라 흐른다
전설은
한 올 한 올 엮어 짠 미투리로 되살아나고
휘감아 도는 낙동강
쉬지 않고 파닥인다
원이 엄마
자박자박 걸어오는 밤
마주 본 얼굴 사이로
피어나는 능소화

어떤 결혼

국적이 다른 어린 두 남녀가
마주보고 서 있다
둘이 만나 하나 되는 이 시간
촛불이 가만가만 침묵하는 시간을 녹이고 있었다
주례는 없지만,
서로 다른 전통의상을 입은
어머니들은 가만히 눈물 닦으며
조금은 가벼워진 어깨를 펴고 그리움을 마감했다
두 사람을 위한 축가는
화음을 내며 식장 안을 울린다
잃을 것이 더 많은 세상에서
강물처럼 누워, 서로가 서로에게
숟가락 잘 저어 간을 맞추며 가는 길
한 옥타브 낮추며 서로가 서로를 물들여 가는 것
마지막 퍼즐을 맞출 때까지
한 쪽으로 치우지지 않는 것
두 사람의 서약이
결혼식장에 메아리가 되어 지나간다

고향

산골짜기 외딴집에 봄 햇살이 찾아오면
향긋한 바람 따라 산으로 간다

할미꽃 파랭이꽃 벗을 삼아
바구니 가득 봄을 담는다

일곱 식구 정겹게 마주 앉아서
끓여 놓은 쑥국에
숟가락 부딪히는 소리

타들어 가는 호롱불 아래
고요히 피어나는 봄의 향기
톡톡 터지는

고향의 밤은 익어만 간다

뜨개질

햇살도 노랗게 익어가는 시월
아이들 재워놓은 손이 바쁘다

뜨개바늘 촘촘히 한 올씩 걸어 올리는 일상
때로는 바람이었다가 절벽이었다가
꽃이기도 했다

그물에 걸리지 않은 햇살을 잡으러 떠난 아버지
달빛만 환한 밤이었다

생각이 아픈 시간들이 스웨터 코를 들락거린다
짧아지는 실만큼
비워지는 삶 다독이며
코바늘 하나로 세상을 그려 나갔다

때로는 코가 빠지기도 하지만
그것까지 소중하기에
어머니의 무늬는 만들어졌다

여전히 부재중인 아버지를 그리며
한 코씩 꿈을 엮는다

굳은 살 박힌 손, 전신이 아려오지만
따스한 겨울이야기가 푸르게 기다리고 있기에
어머니의 가을은 깊어만 갔다

야망

작은 웅덩이 하나
하늘을 담았다

지난 밤 폭풍우 휘몰아쳐
나무가 꺾이고
새들이 집을 떠난 지금
깜깜하던 하늘이
파랗게 걸어나왔다

산다는 건
때로는 비바람과 맞서 싸우는 것
언젠가
누군가의 가슴 따뜻하게
데울 수 있는
불꽃 하나 가지는 것

폭풍우 지난 다음
알았다

웅덩이에 내려앉은 하늘이
오늘은 야망을 가졌다

노부부와 재봉틀

좁은 콘테이너 박스 안
늙은 재봉틀이 오후의 햇살 받아 돌아간다
세월의 손때 묻은 발판은
삐걱이지만, 바늘이 지나간 자리 촘촘히
삶의 조각을 깁고 있다
돋보기 너머 마주 잡은 손의 바늘귀가
다른 곳을 향하기도 하지만
직물을 꿰매고 궤도를 따라
가위질하기에는 아직은 충분하다
한 땀씩 박음질 할 때마다
자식들 꿈도 날아올랐고
마음이 부유해지기도 했다
가끔은 잘못 박아 다시 박기도 하고
지나쳐간 삶들이 그들을 옭아매기도 했다
이제 마지막 접은 밑단 박음질이
노부부의 저녁을 준비하고
덜컹거리는 재봉틀은 더운 선풍기 바람과
진양조 화음을 내며 돌아가고
늦은 오후의
헐거워진 시간을 깁고 있다

독도의 품

노을이 물결을 수 놓을 때
그 자리를 지킨 작은 섬 하나 팔 벌려
손님 맞을 준비 한다

그리움의 지층에서 피어나
바람이 흔들릴 때마다
하늘하늘 몸 흔들던 섬장대도
더 깊이 뿌리를 내려 숨결 내쉰다

하루를 물 길질 하던
바위게, 피곤한 다리 끌고 습한 기운 가득한
품으로 파고 든다

하늘을 비행하던 괭이갈매기
오늘도 꿈 찾아 섬 주위를 날아다니고
길 잃은 어부, 불빛 따라 항로를 바꾼다

지나간 젖은 흉터 다독이고
세월의 맥박 속에 얼룩진 날들, 달빛에 헹구어
섬은 당당한 자태로 서 있다

별을 닮은 괭이밥도
조근조근 이야기 나누며
몸을 낮추는 밤을 위로하고
묵음의 자장가도 불러준다

모두를 품어주는 독도
고단한 하루 내려놓으며
내일을 향한 꿈 그려본다

청량산 하늘다리

청량산 하늘다리가
소리 내어 웃는다

직선과 곡선을 긋던
눈발도 그쳤다

흔들리던 다리도
발아래 풍경으로 황홀하다

사람과 자연이
하나의 그림으로 출렁이고

산은 고요히
봉우리마다
봄을 품고
하늘 위에 앉아 있다

안개 속을 걸으며

새해 아침 안개 속 강둑길을 걸었다
강둑 너머 넘실대는 안개 숲을 지나니
소식 끊어진 얼굴들이 왔다가 사라진다
왠지 낯설다

어린 시절 안개 젖은 강가에서
물고기 잡던 풍경도
엽서가 되어 내게로 온다

새들은 비상을 꿈꾸며
안개 속 길 찾아 날아오르고
실타래처럼 엉켜있던 내 꿈도
희미한 불빛 찾아 차오른다

무수히 흔들리며 살아왔던 날들이
물 위에 가득 안개로 피어난다
살아간다는 건, 안개 속을 걸어가는 일
소금기 많은 외로움도 견디며 혼자서 걷는 일이다
안개가 걷힐 때까지
목소리가 들릴 때까지

항아리 이야기

나는 흙이었다
겹겹이 쌓인 어둠 몰아내고
살갗이 타는 아픔도 견디며
더 단단해지기 위해 몸을 굴렸다
고요로 찰랑대는 새벽에도
아스팔트 쩍쩍 갈라지는 한낮에도
달빛 환한 밤에도
가부좌 틀고 앉아 마음을 다스렸다
순도 높은 깊은 맛의 내력을 갖기 위해
아주 오랫동안 고택 뒷마당에서 시간을 견뎠다
세월의 빗금 상처 참아가며
비밀스런 맛을 담기 위해 바람도
내 몸에 들이며 숨 쉬게 하였다
화려한 날은 지나, 나는 버려지고
더 이상 내가 아니었다

가끔 벌레들이 찾아와
집을 짓기도 하고
빗물이 잠시 쉬어가기도 했다
볕 좋은 어느 날
민들레 홀씨 하나 내 안에 들어와
싹을 틔우고 있었다

12월의 시

한 장 남은 달력이 덩그라니
벽에 걸려 겨울을 건너가고 있다

빨간색으로 동그라미 쳤던 기념일도 가고
계절이 빠르게 지나가기도 했다

묵묵히 견딘 시간들 속에
지우고 싶은 날들도 있지만
지나고 나면 모두가 그리웠다

거리마다 불빛이 하나 둘 켜지고
집으로 돌아가지 못한 그림자들
공허와 허공 사이를 거닐다 보면
새로운 꿈도 스며 온다

돌아보면 언제나 후회만 남아
되돌아 가기엔 너무 먼
앞으로 나아가긴 낯설어
주춤거리던 날들이 엉켜
서로를 위로하며 부축하고 있다

비우고 나면 다시 채워진다는 걸
한 장 남은 달력이 말해준다

눈꽃 흩날리는 마당에 서서
숨 고르며 스쳐 지나왔던
시간의 길이를 재어본다

해설

시선의 내면에서 발화하는
시적 카타르시스

이위발(시인)

해설

시선의 내면에서 발화하는 시적 카타르시스

이위발(시인)

근원에서 탄생되는 체험의 진화는 느낌이었다

　지금의 현실은 뒤돌아 볼 겨를도 없이 빠른 속도로 질주한다. 감싸 안거나 품어 볼 순간도 없이 지나가고 여유를 부리는 것을 참지 못한다. 우리들의 의식은 쉼 없이 전후좌우를 보지도 않고 앞만 보고 달린다. 잠시 앉거나 멈추어 서서 사물을 바라보려고 하지도 않는다. 자신을 돌아보고 위무를 하거나 생각에 맡겨 돌아봄을 느끼려고 하지 않는다. 그렇기에 우리들은 늘 허전하고 불안함을 감출 수가 없다. 이런 상황이 자신도 모르게 연출되면서 감성은 사라지고 눈앞의 파노라마만 쫓아가고 있는 것이 현실이다.

　이런 현실에서 그나마 자신을 확인할 수 있는 것이 체험이다. 직접 경험한 것들이 나를 돌아볼 수 있게 만드는 유일한 빛과 같다. 하지만 체험도 느끼지 못하면 아무런 의미가 없다. 글을 쓴다는 것도 체험이나 경험을 통해 자신을 확인하고 그 속에서 느낌을 표현하는 것이다. 체험이 없으면 글을 쓸 수 있는 힘이 빠지게 된다. 시인들도 순간의 경험이 이미지화 되거나 대상에 대한 내적 경험을 통해 표현한다. 우리들은 감동이나 느낌, 지식습득을 위해 간접 경험인 책을 통해서 경험하게 된다. 경험이 쌓이게 되면 삶을 바라보는 시선이 달라지 게 된다. 일을 하게 되면 몸에 무언가가 쌓이게 되는 것과 동일하다. 몸에 쌓인 것을 힘이라 한다. 이 힘을 가지고 새로운 일을 한다. 몸 안에 새로운 것이 들어온 것을 느낌이라 한다. 이것이 몸 안에 쌓일 때 힘이 된다. 힘이 없으면 다시 일 할 수 있는 용기가 생성되지 않는다. 몸 안으로 들어가서 힘을 만드는 느낌이 없기 때문이다. 느낌을 가지고 시인들은 '내가 바라보는 대상'과 만나 시라는 형식으로 탄생하게 된다.

권경미 시인의 시적 세계는 시어의 외연에 담겨서 시적 형상화를 이루고 있다. 언어 외연에 의한 시적 형상은 시인의 개성을 드러내는 문체로서 나타내고 있다. 그 문체가 내포한 인식적 바탕에 따라 시인의 미적 의식이 기능을 한다. 또한 시가 나타내고자 하는 주제 의식은 시인의 삶의 자세를 반영하는 의식 구조를 보여주고 있다.

이러한 언어적 인식에 근거를 둔 시인의 시세계 근원은 현실에 있다. 즉 일상생활에서 영감을 받은 시적 모태는 인간 본성에서 일어나는 느낌, 그 떨림은 근원에 대한 그리움의 본질을 가지고 있다. 근원이란 것은 우리에게 있어서 삶의 모태라고 할 수 있다. 결국 인간 본질과의 상관관계는 인간의 인간다운 근원이며, 이 시집은 그 근원을 잃고 사는 현대인에게 있어서 본성을 되돌아 볼 수 있게 하는 자아 찾기에 해당된다.

슬픔과 상처를 보듬고 여명의 길로 걸어 들어갔다

권경미 시인의 첫 시집 『나무는 외로워도 외롭다는 말을 하지 않는다』에 등장하는 화자들 대부분은 슬픔을 안고 있다. 슬픔이 상처가 되고 그 상처는 삶의 의미를 되새기는 원초적인 자양분이 될 수도 있다. 「겨울 자작나무 숲」에서 화자는 "마음이 허허로운 날에는/겨울 자작나무 숲으로 가서/바람의 가랑가랑한 숨소릴 듣거나" 아니면 "하루에도 몇 번 씩 자작자작 타는 가슴은/반짝이는 별빛으로 위로를" 얻기도 한다.

슬픔의 시적 대상은 체험에서 시작한다. 그것은 내적 공간에서 발화하여 밖으로 표출하면서 시적 카타르시스를 경험하게 만든다. 「삼월에 내리는 눈」을 보고 시인은 "슬픈 데생"이고, "순수의 얼음꽃"이고, 봄을 재촉하는 떠나간 이들의 "눈물방울"이라고 했다. 사물에 대한 시적 접근은 화자의 경험을 통해 '피지 못하고 져버린 꽃처럼 아픔만 간직하고 떠나버린 사람'이 되어 버린 것이다.

「딸기밭 테라피」에서도 오직 자식이 세상의 전부인 듯 지나

온 삶이 한 폭의 풍경처럼 다가온다. 이 시는 복지촌의 풍경을 묘사하고 있다. 몸에 호스를 꽂은 어르신들이 딸기를 따고 있다. 가족을 위해 지문이 다 닳도록 일한 흔적은 희생이었다. '상처 난 것은 내가 먹고 이쁜 건 팔아야지' 마음만은 아직 하늘 같다. 그런 세월을 이겨내며 견디게 한 것은 가슴에 심어 놓은 별이 있었다, 그 별은 다름 아닌 자식이었다. "가슴에 별 하나 심어놓고 알싸한 시간들을 견뎠다"

마음이 허허로운 날에는
겨울 자작나무 숲으로 가서
바람의 가랑가랑한 숨소릴 듣는다
서로가 서로를 이해하며
적당한 거리에 서서
차디찬 직립의 고립을 이어가는
흰 눈의 환생이 여기 서 있다
침묵의 사연, 뿌리 깊이 내리고
하루에도 몇 번 씩 자작자작 타는 가슴은
반짝이는 별빛으로 위로를 얻는다
더욱더 몸을 뻗기 위해 스스로 잔가지 떨궈내
온 몸에 검은 상처 가득하지만
생은 불꽃처럼 뜨겁다

－「겨울 자작나무 숲」 부분

삼월에 내리는 눈은 슬픈 데생이다
물오른 가지마다
오늘은 순수의 얼음꽃이 피었다
길을 잃고 떠도는 어느 영혼이
다시 꽃 피우기 위해 흘리는
눈물방울이다

－「삼월에 내리는 눈」 부분

떠나간 자식들 생각에 가끔 목도 메이지만
가슴에 별 하나 심어놓고 알싸한 시간들을 견뎠다
겨울 건너 와 살아남은 올해의 봄
빈 몸 이끌고
딸기밭 돌아가는 길에는 조팝꽃이
하얗게 피어나고 있었다

－「딸기밭 테라피」 부분

자아의 용트림은 민들레 홀씨가 되어 떠 다녔다

　시대의 변화에 따라 다양한 시적 형상은 다양하게 나타나고
있다. 페미니즘 시나 환경시, 생명시, 참여시 등 헤아릴 수 없

는 많은 시들이 존재하고 있다. 이들 시는 미적 양상이나 생산 방식은 다르다 하더라도 인간의 감정을 대상화시켜 타자들과 교감하고자하는 의지를 지닌다는 점에선 같다. 인간과 사회 내부에 잠식되어 있는 잘못된 존재를 거세시키고 순수를 회복하고자 한다는 점에서도 공통점을 지니고 있다.

하지만 서정시는 인간 본래의 순수한 정감을 되살리면서 위기로 인식되는 모든 것을 극복하고 살아남았다. 미래파 시들도 기저에 깔려있는 근원은 서정에 바탕을 두고 있다. 서정시가 지니고 있는 미적 양상은 다양하다. 권경미 시인도 첫 시집에 깔려있는 서정성은 다양한 떨림을 주고 있다. 부재중인 아버지에 대해 이렇게 노래한다. "그물에 걸리지 않은 햇살을 잡으러 떠난 아버지"를 대신하여 어머니는 자식들을 키우며 뜨개질을 한다. "코바늘 하나로 세상을 그려 나갔다/때로는 코가 빠지기도 하지만/그것까지 소중하기에/어머니의 무늬는 만들어졌다" 어머니의 존재의 가치는 기다림이다. 가족을 위해서 "따스한 겨울 이야기가 푸르게 기다리고 있기에" 견디면서 희망의 봄을 기다린다.

그물에 걸리지 않은 햇살을 잡으러 떠난 아버지
달빛만 환한 밤이었다
생각이 아픈 시간들이 스웨터 코를 들락거린다
짧아지는 실만큼
비워지는 삶 다독이며

코바늘 하나로 세상을 그려 나갔다
때로는 코가 빠지기도 하지만
그것까지 소중하기에
어머니의 무늬는 만들어졌다
여전히 부재중인 아버지를 그리며
한 코씩 꿈을 엮는다

―「뜨개질」부분

「영정사진」이란 시에서도 화자의 시선은 영정 앞에서 6·25 때 할아버지를 잃고 지난한 삶을 사셨던 할머니의 삶을 "이승의 마지막 시간 축복하듯/하늘엔 저녁노을이 걸렸고/꽃들도 통곡하는 봄날을 닮았다"고 한 것은 꽃마저 울음 울 듯 봄이 오지 못할 것 같은 절망감 때문이었을 것이다. 이렇듯 할머니의 존재도 어머니의 기다림과 다르지 않을 것이다.

「뜨개질」에서의 아버지의 부재와 「영정사진」에서의 할머니의 죽음이 「항아리 이야기」에서 귀결된다. "나는 흙이었다/겹겹이 쌓인 어둠 몰아내고/살갗이 타는 아픔도 견디며" 슬픔과 고통은 함께 찾아온다. 그러나 더 단단해지기 위해서라면 긍정이 성립된다. "가부좌 틀고 앉아 마음을 다스리고" "아주 오랫동안 고택 뒷마당에서 시간을 견뎠다" 결국 시간이 모든 것을 말해 준다. 그 견딤에서 조금씩 찾아오는 내밀한 미소 같은 것, "세월의 빗금 상처 참아가며/비밀스런 맛을 담기 위해 바람도 내 몸에 들이며 숨 쉬게 하였다" '항아리'의 삶은 조금씩 미래의 봄날을 기억하면서 가슴을 내밀며 세상과의 화해를 하기 시작한다. "가끔 벌레들이 찾아와/집을 짓기도 하고/빗물이 잠시 쉬어가기도 한다" 그 사이 어느새 마음 한 켠을 내주고 받아들인 희망의 씨앗, "볕 좋은 어느 날/민들레 홀씨 하나 내 안에 들어와/싹을 틔우고 있었다"

나는 흙이었다

겹겹이 쌓인 어둠 몰아내고
살갗이 타는 아픔도 견디며
더 단단해지기 위해 몸을 굴렸다

고요로 찰랑대는 새벽에도
아스팔트 쩍쩍 갈라지는 한낮에도
달빛 환한 밤에도
가부좌 틀고 앉아 마음을 다스렸다

순도 높은 깊은 맛의 내력을 갖기 위해
아주 오랫동안 고택 뒷마당에서 시간을 견뎠다

세월의 빗금 상처 참아가며
비밀스런 맛을 담기 위해 바람도

내 몸에 들이며 숨 쉬게 하였다

화려한 날은 지나, 나는 버려지고
더 이상 내가 아니었다

가끔 벌레들이 찾아와
집을 짓기도 하고
빗물이 잠시 쉬어가기도 했다

볕 좋은 어느 날
민들레 홀씨 하나 내 안에 들어와
싹을 틔우고 있었다

—「항아리 이야기」전문

공간의 그림자는 시간을 붙잡고 노랗게 피어나고 있었다

　권경미 시인의 시적 대상의 시선은 다채롭다. 비 오는 날「두
잔집」, 벽은 허물어지고 휜히 속살이 드러난「빈집」, 소멸을 향
해 가는「폐가의 봄」이다. 생애의 모든 공간은 추억의 산물이
다. 또한 아픔과 동반된 꿈의 산실이기도 하다. 잊어버리고 싶
은 공간이기도 하다. 하지만 공간은 시인들의 시적 생산지이자
삶의 필요불가결한 곳이기도 하다. 누구나 웃고 울던 그런 공

간이 사라지는 것을 바라지는 않을 것이다. 잊어지는 것은 개인적인 부분이지만 함께 공유했던 공간은 사라졌어도 그 자체로서 마음에 남아 존재한다.

"한잔은 외로워, 두 잔은 마셔야 정이 나는 저녁/이 되고," 때로는 눈물방울도 안주가 되었"던 '두잔집'은 막걸리 안주가 소금이었던 공간, 이젠 사라지고 없다. 사라짐은 잊혀지는 것이 아니라 그리움으로 남는다.

도시에선 '집 하나 장만하려고 평생을 바친다'는 이야기를 서슴없이 한다. 하지만 농촌에선 널린 게 빈집이다. 권경미 시인은 「빈집」에서 "빛바랜 초록 지붕의 외딴집/벽은 허물어지고" "댓돌 위에 놓여있던 신발들/하나 둘 떠나가고" "지나가던 폐지 줍는 노인이 마당 구석에 앉아/시간의 낱장을 채우고" 있는 공간은 평화로워 보인다. 그래서 그런지 "빈집은 오늘도 마음의 경계를 풀고"있다.

「폐가의 봄」에서도 시인은 "문풍지에 낀 무늬는/떠나간 가족들의 한숨자국/흩어지는 아픔 뒤로 하고" "녹슨 문고리마다 긁히고 찢긴 세월의 흔적들/잠시 그 앞에 서서 귀 기울여보고" "소멸을 향해 가는 폐가의 생애가/오후 세 시를 지나, 저녁으로 가고/마당에는 산수유가/노랗게 피어나고 있다"고 했다.

이렇듯 공간의 이미지는 가슴속에 남아 과거를 회상하거나 현실의 아쉬움이 함께 버무려져 애틋한 감상을 가지게 된다.

비 오는 날, 사람들이 하나 둘 모여 든다
제각기 모습은 다르지만
그들은 닮아 있다
벽에 걸린 빛바랜 액자도
오늘은 추억에 잠겨있고
오래된 탁자도 시간과 같이 정지해 있다
한 잔은 외로워, 두 잔은 마셔야 정이 나는 저녁
때로는 눈물 한 방울도 안주가 되었다

－「두잔집」부분

댓돌위에 놓여있던 신발들
하나 둘 떠나가고
추억의 시간들 아득히 먼지가 되어 날아갔다
이제는 세월의 흔들림 속
지나가던 폐지 줍는 노인이 마당 구석에 앉아
시간의 낱장을 채우고 있다
빈집은 오늘도 마음의 경계를 풀고
아련한 추억의 데칼코마니
한 장 찍어내는 오후다

－「빈집」부분

한때는 아이들의 책장 넘기는 소리에

계절이 지나가기도 하고

석유통 들고 다니던 아버지의 온기가

마룻바닥을 데우기도 했다

이제, 집은 허물어지고 바스락거리는 바람만이

이곳과 저곳을 들락이고

깨진 유리창 사이로 거미는 한가로이

사색을 하며 또 다른 집을 짓고 있다

－「폐가의 봄」 부분

다른 세상을 꿈꾸는 상처는 꽃잎 엽서 한 장으로 답한다

여성은 원초적이고 근원적인 이미지로서 생명을 상징하며 포용과 부드러운 감정의 모태다. 젖이다. 영혼의 뿌리다. 재생의 기운이다. 우리에게 귀소의 욕구를 충족시키며 불안으로부터 우리를 구원한다. 하지만 남성 욕망의 에너지와 끊임없이 투쟁을 벌이는 싸움터이자 좌절과 상처의 진원지이기도 하다.

남성은 힘든 일을 소모하는 일에 적극적이지만 자신의 아픔이나 고통 등 부정적인 감정을 잘 드러내지 않는다. '울면 안 된다'는 잠재의식을 내포하고 있다. 스스로 욕구가 충족되지 않는 것에 대해 스스로 스트레스를 받는다. 내면을 노출하지

않고 해소할 수 있는 행위를 선호한다. 자의식에 대단히 민감하다,

　권경미 시인은 「부부」라는 시에서 "여자는 밥을 짓고/남자는 국을 끓였다/여자는 리모컨을 밀고 당기며 시간을 견디고/남자는 컴퓨터 자판을 두드렸다/공손하게 마주 앉아 밥을 먹었으나 가슴에 제각기 다른 방을 키웠다" 앞에서 언급한 여성과 남성에 대한 이미지적인 표현을 대비시켜 보면 이 부부는 정상이다. 하지만 갈등에 대한 표현을 보면 "같은 곳에 있으면서 늘 다른 세상을 꿈꾸고/하루에도 몇 번씩 흔들리며 마음의 문을 닫기도 한다/가끔 삶의 모서리에 부딪혀 피가 나기도 하지만/시간의 수레바퀴에 몸을 맡기고 오늘을 산다"

　어느 심리학자의 말을 빌리자면 체질적이나 원초적으로 다른 남여가 함께 살아간다는 것은 기적이라고 할 수 있다. 마지막 연에서 화자는 "아이가 문을 열고 들어서는" 것으로 마무리를 지었다. 여기에서 시적 카타르시스를 느끼지 않을 수 없다.

　「안부」에선 "아무것도 아닌 것에 의미를 찾고/아무것도 아닌 것에 의미를 만들며/오지 않는 너를 기다린다" 사람과 사람 사이에 가장 중요한 것은 관심이다. 무관심은 곧 헤어짐으로 연결된다. 하지만 우리들에겐 기다림이란 것이 존재한다. 그래서 그런지 가끔 안부를 물어보고 싶기도 하다.

　"손에 상처가 났다/덧나지 않으려고 약을 발랐더니/어느새 새 살이 돋았다" 이런 일상은 늘 있는 일이다. 하지만 시 「상처」에서 화자의 결론은 "사람과 사람으로 위로받고/슬픔이 슬

품에 등 기댈 때/상처는 때로는/꽃 물든 자국으로 남는다"고
했다.

같은 곳에 있으면서 늘 다른 세상을 꿈꾸고
하루에도 몇 번 씩 흔들리며 마음의 문을 닫기도 한다
가끔 삶의 모서리에 부딪혀 피가 나기도 하지만
시간의 수레바퀴에 몸을 맡기고 오늘을 산다
낡은 지붕 안으로 바람소리만 들어와
시계 초침의 째각거림을 더할 뿐,
밖에는 깃털 같은 눈이 내리고
아이가 현관문 열고 들어선다

―「부부」 부분

아무것도 아닌 것에 의미를 찾고
아무것도 아닌 것에 의미를 만들며
오지 않는 너를 기다린다
밖에는 수없이 꽃이 피고 지고
이별조차 아름다운 추억으로 남을 때
꽃잎 엽서 한 장
바람에 날려 보낸다

―「안부」 부분

사람과 사람으로 위로 받고
슬픔이 슬픔에 등 기댈 때
상처도 때로는
꽃 물든 자국으로 남는다

─「상처」 부분

양철지붕을 두드리는 빗소리를 시처럼 듣고 싶다

"바람 속에 내가 있다/어디로 가야하는지/바람은 내게 가르쳐 주지 않는다"라고 권경미 시인은 「길 위에서」란 시에서 함축성 있게 시적 화두를 던졌다. 첫 시집 『나무는 외로워도 외롭다는 말을 하지 않는다』가 던지는 메시지의 울림 때문일 것이다. 넓게 보자면 이 시집은 현대시의 서정성을 잘 표현해주고 있다. 사물을 바라보는 시선 또한 다양하다. 어느 한 곳에 천착하기보다 의미가 다채로워 무지개 색깔처럼 빛나는 시들이 있어서 좋았다. 시인의 길은 그 길에서 일어나는 모든 것들을 느끼며 외롭게 우보(牛步)처럼 가는 것이 시인의 길이기도 하다. 그 길은 영원할 수도 없고, 언젠가는 그 길 위에서 바람처럼 사라지게 될 수도 있다. 그 길의 끝이 어디인지는 아무도 모른다. 이 시집을 읽으며 잠시 잊고 있었던 월북 시인 김기림의 시 수필 「길」이 생각났다. "나의 소년 시절은 은빛 바다가 엿보이는 그 긴 언덕길을 어머니의 상여와 함께 꼬부라져 돌아갔다/내 첫사랑도 그 길 위에서 조약돌처럼 집었다가 조약돌처럼 잃어버렸다/그래서 나는 푸른 하늘빛에 호젓 때 없이 그 길을 넘어/강가로 내려갔다가도 노을에 함북 자줏빛으로 젖어서 돌아오곤 했다"

권경미 시인이 꿈꾸고 있는 시인의 길과 김기림 시인이 말하고자 하는 길은 다른 듯 보이지만 서로 같다. 시 속에 우주의 모든 것이 담겨 있거나 비어 있을 수 있다. 내가 품으면 보란 듯이 보이겠지만 가슴이 비어 있으면 허깨비로 보일 수 있다. 그것을 가르쳐 주는 스승은 이 세상에 없다, 오로지 나 자신만이 알 뿐이다. 김기림의 '길'은 일방적으로 떠나기만 하는 통로로 쓰이지만 흘러가는 강과 함께 이별, 상처, 기다림의 정서가 내포되어 있다.

바람이 가르쳐주지 않더라도 권경미 시인의 길은 이미 저 만치 가고 있다. 잡을 수도, 멈추게 할 수도 없다. 그 길 위에서 멋지게 노래를 불렀으면 좋겠다. 모든 사물과 이미지들이 서로 어울려 장난치듯 마음껏 뛰고 놀았으면 좋겠다.

나무는 외로워도
외롭다는 말을 하지 않는다

권경미 지음

발행처 · 도서출판 청어
발행인 · 이영철
영 업 · 이동호
홍 보 · 천성래
기 획 · 남기환
편 집 · 방세화
디자인 · 이수빈 | 김영은
제작이사 · 공병한
인 쇄 · 두리터

등 록 · 1999년 5월 3일
(제1999-000063호)

1판 1쇄 발행 · 2020년 10월 10일

주소 · 서울특별시 서초구 남부순환로 364길 8-15 동일빌딩 2층
대표전화 · 02-586-0477
팩시밀리 · 0303-0942-0478

홈페이지 · www.chungeobook.com
E-mail · ppi20@hanmail.net
ISBN · 979-11-5860-889-7(03810)

이 도서의 국립중앙도서관 출판시도서목록(CIP)은 서지정보유통지원시스템 홈페이지
(http://seoji.nl.go.kr)와 국가자료공동목록시스템(http://www.nl.go.kr/kolisnet)
에서 이용하실 수 있습니다.(CIP제어번호: CIP2020039407)

이 시집은 2020년 경북문화재단의 창작기금을 지원받아 제작되었습니다.